Prinz Eisenherz

Excalibur, das Schwert im Stein

2. Buch

Carlsen Verlag

EIN HEFTIGER WIND FEGT ÜBER DIE HAFENSTADT AM BRISTOL-KANAL. ES HERRSCHT VERWIRRUNG. SEIT DIE STÄDTER VON ARTHURS TOD GEHÖRT HABEN, SIND SIE BAR JEDER VERNUNFT UND HÖFLICHKEIT, DA SIE FÜRCHTEN, ES WERDE BALD WIEDER DAS CHAOS EINKEHREN, DAS VOR DER FRIEDLICHEN REGENTSCHAFT DES GROSSEN KÖNIGS EXISTIERTE.

KAUFLEUTE SCHREIEN IHRE AUFSEHER AN, WELCHE DIE SICH ABRACKERNDEN SKLAVEN MIT DER PEITSCHE ANTREIBEN. DIE LANDUNGSSTEGE DER VIELEN SCHIFFE BIEGEN SICH UNTER DER LAST DER GESCHUNDENEN, DIE SICH MIT DEN ZUM BERSTEN GEFÜLLTEN SÄCKEN UND KISTEN IHRER HERREN ABMÜHEN.
DURCH DIESEN IRRSINN LENKT EIN RITTER MIT FINSTERER MIENE SEIN PFERD ZUM HAFEN. HINTER IHM SITZT SCHWEIGEND EINE MAID. „WIR DÜRFEN KEINE ZEIT VERLIEREN, NIMUE", SAGT EISENHERZ MÜDE. „WIR MÜSSEN EIN SCHIFF FINDEN, DAS NOCH MIT DIESER FLUT AUSLÄUFT."

EISENHERZ' BLICKE SUCHEN DIE BELEBTE PIER NACH DEM BESITZER EINES SOLCHEN SCHIFFES AB. SCHNELL ERSPÄHT ER SEINEN MANN...

... UND PACKT IHN. DER KAUFMANN IST KORPULENT, TEUER GEWANDET UND TRÄGT AN JEDEM DICKEN FINGER SEINER FLEISCHIGEN HÄNDE EINEN RING. EIN BLICK INS ENTSCHLOSSENE GESICHT DES RITTERS, UND SCHON ERSTIRBT IHM DER WÜTENDE PROTEST AUF DEN LIPPEN.

„DIESE DAME UND ICH MÜSSEN EIN SCHIFF FINDEN, DAS NACH NORDEN SEGELT. WIR ZAHLEN VIEL GOLD FÜR DIE FAHRT."
IN DEN KLEINEN, RUNDEN AUGEN DES KAUFMANNS BLITZT HABGIER AUF. DIE MORGENSONNE FUNKELT AUF MEHREREN SEINER SCHWEREN RINGE, ALS ER AUF EIN STATTLICHES SCHIFF DEUTET. „WENN IHR GOLD HABT, IST MEIN SCHIFF FÜR EUCH GENAU RICHTIG. ES SEGELT MIT DER ABENDFLUT NACH NORWEGEN."

NACHDEM DER KAUFMANN MIT EINEM BEUTEL GOLDMÜNZEN BEDACHT WORDEN IST, GEHT EISENHERZ LOS, UM LETZTE VORBEREITUNGEN FÜR DIE ÜBERFAHRT AUF DER „GERDA" ZU TREFFEN.
ER BETRITT DAS GROSSE SCHIFF, WÄHREND ER ES NIMUE ÜBERLÄSST, SICH UM DEN VERKAUF DES PFERDES ZU KÜMMERN. „SEI UNBESORGT, GUTER FREUND", FLÜSTERT SIE DEM TREUEN REITTIER ZU. „ICH SUCHE DIR EINEN FREUNDLICHEN HERREN."

DER SCHIFFSKAPITÄN, EIN RAUHER MANN MIT NIEDERER STIRN UND STUMPFEN AUGEN, WENDET EIN, DASS AUF DEM SCHIFF KEIN PLATZ FÜR ZWEI WEITERE FAHRGÄSTE IST...

... BIS EISENHERZ DEM KAPITÄN EINEN ZWEITEN GROSSEN GOLDBEUTEL IN DIE GIERIGE HAND LEGT. „ICH HOFFE, IHR HABT EINE ANGENEHME FAHRT."

DER TAG ENDET ... UND DIE „GERDA" SEGELT HINAUS AUFS OFFENE MEER WIE EIN SCHWARZER SCHATTEN AM ROTEN HORIZONT, WÄHREND HINTER IHR AM KAI DIE FACKELN FÜR DIE NACHT ENTZÜNDET WERDEN.
DAS GROSSE SCHIFF LIEGT TIEF IM WASSER. AN DECK IST ALLES AUFGETÜRMT, WAS NICHT MEHR IN DEN LADERAUM PASSTE.
VOM ACHTERDECK BLICKT NIMUE SEHNSÜCHTIG ZUR VERSCHWINDENDEN KÜSTE ZURÜCK UND DENKT AN MERLIN. „ICH WÜNSCHTE, ICH WÄRE BEI DIR, MEIN GELIEBTER, UM IN FRIEDEN AUF DER HEILIGEN INSEL ZU RUHEN", SEUFZT DIE MAID. „DOCH DANK DEINES AUFTRAGS BIN ICH INS CHAOS DIESER WELT GEWORFEN."
EISENHERZ GEHT BEIM BUG AUF UND AB. SEIN RESOLUTES ANTLITZ WIRKT IN DER ABENDSONNE WIE ZU FEURIGEM BRAND ENTFLAMMT.
AUS DEM SCHATTEN HERAUS BEOBACHTET IHN DER KAPITÄN UND TASTET NACH DEM GELDBEUTEL UNTER SEINEM MANTEL. „VIELLEICHT IST BEI DIESEM RITTER NOCH MEHR ZU HOLEN."

EISENHERZ STEHT AN DER RELING. SEIN GESICHT IST WEGEN SEINES AUFTRAGS ANGESPANNT, ALS ER ÜBER DIE LEICHT BEWEGTE SEE BLICKT. „MIT SEINEM LETZTEN ATEMZUG BINDET MICH GAWAIN AN EINEN SCHWUR, AN ARTHURS TRAUM VOM FRIEDEN FESTZUHALTEN. DANN BEAUFTRAGT MICH MERLIN, EXCALIBUR IM NORDEN, IM REICH DER BLUTRÜNSTIGEN MORGAUSE ZU SUCHEN."
„WAS FÜR EIN GRAUSAMER SCHERZ, DASS SIE DIE REICHE DER BRITEN, SKOTEN UND PIKTEN IN EINER HAND VEREINEN WILL! WAS FÜR EIN SPOTTBILD VON ARTHURS TRAUM! MORGAUSES TRAUM IST EIN ALPTRAUM, DER DEN MENSCHEN DIESER INSELN EINEN BLUTIGEN UNTERGANG BEREITEN WIRD."
„UND ICH MÜSSTE INGRID FINDEN, AUCH WENN SIE NICHT DIE TOCHTER MEINES SOHNES ARN WÄRE. DENN ALS ARTHURS ERBIN LIEGT CAMELOTS SCHICKSAL IN IHRER KLEINEN HAND."
WENN ES MÖGLICH GEWESEN WÄRE, HÄTTE DER KAUFMANN SEIN GOLD MIT INS JENSEITS GENOMMEN. ABER DER VERHÜLLTE PIKTENSPION, DER NEBEN DEM ENTSEELTEN KÖRPER DES MANNES IM NUN RUHIGEN HAFEN STEHT, HAT IHM DIESE MÖGLICHKEIT VERWEHRT.
„DER RITTER SEGELT ALSO NACH NORDEN", MURMELT DER PIKTE GALAM, ALS ER EIN KLEINES VERMÖGEN AN SICH REISST UND DEN LETZTEN SCHIFFEN ZUSIEHT, DIE DEN HAFEN VERLASSEN. „FÜR DIESE INFORMATION WIRD MICH DIE KÖNIGIN BELOHNEN."

DURCH DIE FINSTERE NACHT DONNERT GALAMS PFERD FORT VON DER HAFENSTADT. ES IST UNTERWEGS ZU EINEM BESTIMMTEN BERGPASS, DER HOCH GELEGEN UND SEHR SCHMAL IST.
KURZ VOR TAGESANBRUCH ERREICHT ER EINEN VORPOSTEN MIT KRIEGERN, DIE DER KÖNIGIN VON ORKNEY TREU ERGEBEN SIND. ZWEI ANDERE PIKTEN ERWARTEN IHN. „EIN FRISCHES PFERD... SCHNELL! DIE KÖNIGIN... ICH HABE EINE NACHRICHT FÜR DIE KÖNIGIN!"
DER SPION DER KÖNIGIN DER FINSTERNIS DURCHQUERT GANZ CYMRU. DURCH BRITANNIENS WESTEN JAGT ER NORDWÄRTS UND WECHSELT UNTERWEGS IMMER WIEDER SEIN PFERD.
„DIESE SACHE BRINGT SICHER EINE BELOHNUNG EIN", SINNIERT DER SCHMÄCHTIGE REITER. „WENN DER RITTER DER IST, FÜR DEN ICH IHN HALTE."

IM MORGENGRAUEN MELDET DER AUSGUCK DES FLAGGSCHIFFS DER KÖNIGIN DAS KLEINE, SICH NÄHERNDE BOOT. „KANNST DU NICHT SCHNELLER RUDERN?" BRÜLLT DER PIKTE DEN RUDERER AN.

„EINE DRINGENDE NACHRICHT FÜR IHRE MAJESTÄT!"

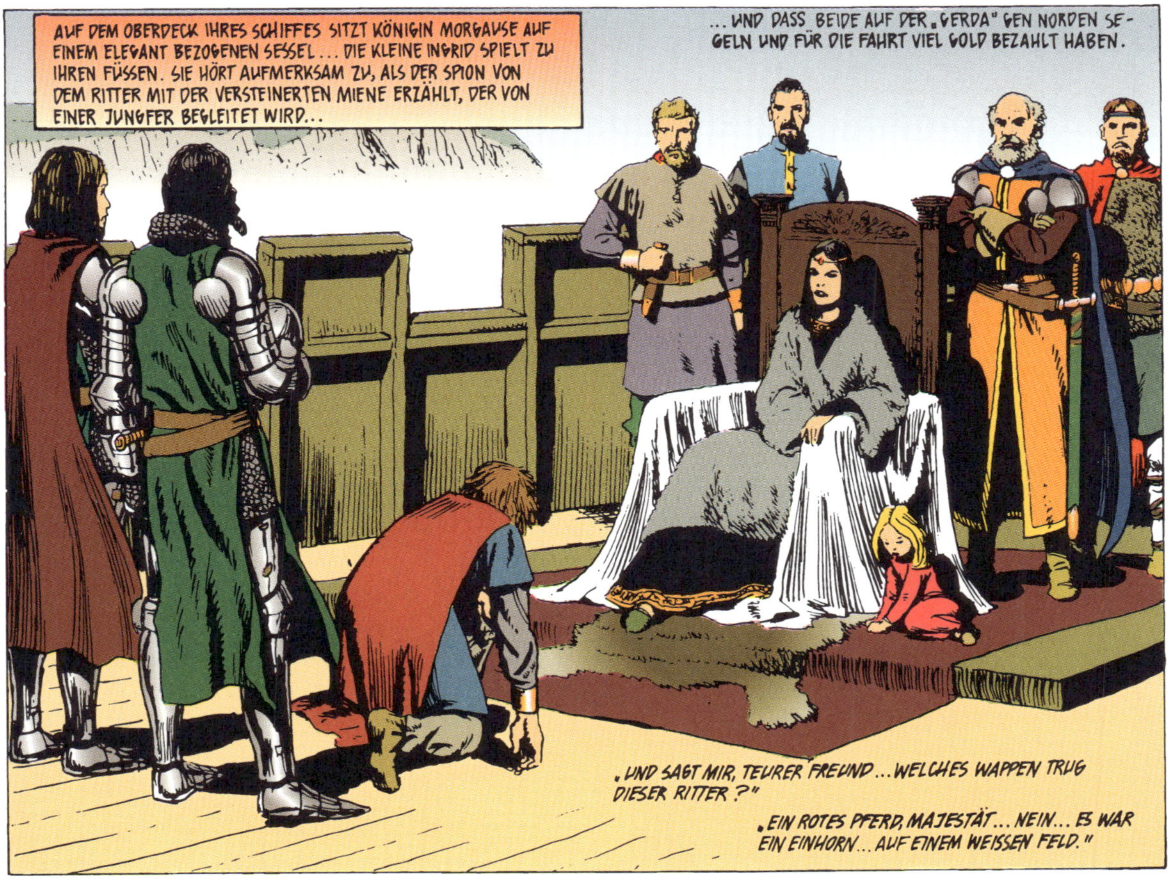
AUF DEM OBERDECK IHRES SCHIFFES SITZT KÖNIGIN MORGAUSE AUF EINEM ELEGANT BEZOGENEN SESSEL ... DIE KLEINE INGRID SPIELT ZU IHREN FÜSSEN. SIE HÖRT AUFMERKSAM ZU, ALS DER SPION VON DEM RITTER MIT DER VERSTEINERTEN MIENE ERZÄHLT, DER VON EINER JUNGFER BEGLEITET WIRD...
... UND DASS BEIDE AUF DER „GERDA" GEN NORDEN SEGELN UND FÜR DIE FAHRT VIEL GOLD BEZAHLT HABEN.
„UND SAGT MIR, TEURER FREUND ... WELCHES WAPPEN TRUG DIESER RITTER?"
„EIN ROTES PFERD, MAJESTÄT ... NEIN ... ES WAR EIN EINHORN ... AUF EINEM WEISSEN FELD."

„DEIN GROSSVATER EISENHERZ SUCHT DICH, DA BIN ICH SICHER. DENK DOCH NUR, INGRID... DER LETZTE STRAHLENDE RITTER CAMELOTS WILL DEIN ERSTER KÄMPE SEIN."
DAS KIND MIT DEM LIEBEN GESICHT HÖRT NICHT DEN GIFTIGEN TONFALL DER WORTE UND LÄCHELT DER SCHÖNEN KÖNIGIN LIEBEVOLL ZU.
„ICH WERDE DAFÜR SORGEN, DASS DEIN MÖCHTEGERN-RETTER NICHTS FINDET AUSSER SEINEN EIGENEN TOD."
„TRETET VOR, BRIDEI", BEFIEHLT MORGAUSE. IHR JÜNGSTER KAPITÄN GEHORCHT.
„MEIN HÜBSCHER JUNGER KRIEGER", GURRT DIE KÖNIGIN UND STREICHT MIT SANFTER HAND ÜBER DIE WANGE DES JUNGEN MANNES. „ANKERT VOR EINER DER KLEINEN INSELN, DIE RINGS UM UNS IN DER SEE LIEGEN. WARTET DORT UND VERSENKT JEDES HANDELSSCHIFF, DAS IHR SICHTET!"

„MEINE GUNST SEI EUCH GEWISS, WENN IHR MIR DIE NACHRICHT VON EISENHERZ' TOD ÜBERBRINGT."
DER JUNGE KAPITÄN LÄCHELT...
...UND ALS ER FORTGEHT, SIEHT ER SICH IM GEISTE SCHON IM WEICHEN BETT SEINER BEGEHRENSWERTEN KÖNIGIN.
„ES DARF KEINE ÜBERLEBENDEN GEBEN", BEFIEHLT DIE KÖNIGIN DEN DREI VERBLEIBENDEN ÄLTEREN KAPITÄNEN.
OST-ANGLIA, AUF DER KUPPE EINES BEWALDETEN HÜGELS. MAEVE UND IHRE BEIDEN HUNDE, ARN UND SEINE BEIDEN KNAPPEN SOWIE DIE ALS DIE WANDERIN BEKANNTE ALTE LEGEN EINE PAUSE EIN. DICKE WOLKEN VERDÜSTERN DEN HIMMEL ÜBER IHNEN.
UNTER IHNEN ZEUGEN NUR NOCH QUALMENDE RUINEN VON MEHREREN KLEINEN GEBÄUDEN HINTER DEM DÖRFLEIN BEI DER HOHEN STEINERNEN FESTUNG. KEIN LEBEWESEN IST ZU SEHEN. „MORGAUSES ARM REICHT WEIT", BEMERKT DIE TRAURIG BLICKENDE MAEVE. „SIE STRECKT IHN AUS, UM SELBST DIESE ARMEN LEUTE AM ENDE DER ERDE ZU VERNICHTEN."

ARN HÄLT SICH DIE SEITE MIT DER KAUM VERHEILTEN WUNDE. ER WENDET SICH AN SEINE FRAU. „DAS SIND MEINE LEUTE", SAGT DER ROTHAARIGE KRIEGER. „ICH KENNE DEN SHERIFF DIESER FESTUNG. WENN ER NOCH LEBT, KANN ER UNS VIELLEICHT EIN SCHIFF BESORGEN, DAS UNS DIE KÜSTE HINAUFFÄHRT."
DIE MÜDE TRUPPE WANKT WEITER. VORSICHTIG GEHEN SIE DURCH DAS DORF. ZERSCHLAGENE FÄSSER, VERDORBENE WAREN UND ZERRISSENE NETZE LIEGEN AM KAI. ZERBROCHENE SCHWERTER UND SPEERE LIEGEN IN DEN NOCH FRISCHEN BLUTLACHEN NEBEN DEN LEICHEN DER ERSCHLAGENEN.
DANN ERSPÄHT ARN EIN WIKINGER-LANGSCHIFF IM BEWEGTEN WASSER VOR DEM HAFEN. MÜDIGKEIT UND TRAUER FALLEN VON DEM JUNGEN KRIEGER AB. „DAS ZEICHEN AM MAST IST DAS MEINES FREUNDES BOLTARSON!"
„HOLLA, BOLTARSON, GESTANDENER KRIEGER UND TRINKKUMPAN! DEIN KAMPFGEFÄHRTE ARN RUFT DICH... DER SOHN VON EISENHERZ, DEM FREUND DEINES VATERS!"

DOCH ES KOMMT KEINE ANTWORT VOM LANGSCHIFF. DIE WIKINGERBESATZUNG STEHT ANGESPANNT AN DECK UND STREITET SICH. HASTIG WERDEN FRISCHE WUNDEN VERSORGT. IN IHRER MITTE STEHT EIN RIESIGER, BLONDER KRIEGER, DER EIN WEINENDES MÄDCHEN IM ARM HÄLT. ARN RUFT DEN RIESEN BEI SEINEM NAMEN. ES IST AGNAR, BOLTARSONS STELLVERTRETER.
„NATÜRLICH KENNEN WIR EUCH, PRINZ ARN. SEID IHR NICHT OFT MIT UNS AUF ABENTEUER GEGANGEN? DOCH UNSER ANFÜHRER IST LEIDER NICHT HIER."
„BOLTARSONS PLAN WAR ES, DEN SHERIFF ZU ÜBERFALLEN, DER MIT SEINEN TRUPPEN DIE FESTUNG BEMANNT. DA WIR EUREN UNTERTANEN NICHTS ZULEIDE TUN WOLLTEN, HOFFTEN WIR, IHN UND SEINE LEUTE ZU ÜBERRASCHEN, DEN SHERIFF OHNE BLUTVERGIESSEN ZU ENTFÜHREN UND GEGEN LÖSEGELD FREIZULASSEN."
„ES GELANG UNS NUR, SEIN HEULENDES KIND ZU ERGREIFEN, EHE DIE FÜR KÄMPFE MIT DEN PIKTEN GEWAPPNETE STREITMACHT DES SHERIFFS ÜBER UNS HERFIEL."
„IM KAMPFGETÜMMEL WURDE BOLTARSON GEFANGENGENOMMEN. DER SHERIFF DROHT, IHN INNERHALB EINER STUNDE AUFZUHÄNGEN."
„DER SHERIFF HAT ARTHUR DEN TREUEID GESCHWOREN", RUFT ARN ÜBERS WASSER. „UND MIR ALS SEINEM STELLVERTRETER IN DIESER PROVINZ EBENFALLS."
„LASST MICH MIT EUCH GEHEN UND MIT IHM REDEN. VIELLEICHT KÖNNEN WIR EINEN TAUSCH AUSHANDELN... EUREN ANFÜHRER GEGEN SEINE TOCHTER."
EIN FURCHTEINFLÖSSENDER KRIEGER NAMENS JARL SPRICHT AUS, WAS EIN GROSSTEIL DER MANNSCHAFT DENKT: „HABEN WIR DANN UMSONST GEKÄMPFT? WAS WIRD AUS DEM LÖSEGELD? ICH SAGE, WIR TAUSCHEN DAS KIND GEGEN GOLD, UND BOLTARSON SOLL SEHEN, WO ER BLEIBT!"

„WÜRDET IHR EINEN GROSSEN ANFÜHRER GEGEN EINE HANDVOLL MÜNZEN TAUSCHEN? BOLTARSON HAT EUCH ZU VIELEM VERHOLFEN: IHR WERDET GEFÜRCHTET UND BENEIDET, UND EUER LADERAUM IST VOLLER BEUTE. UND BEDENKT AUCH BOLTARS ZORN, FALLS IHR OHNE SEINEN LIEBSTEN SOHN HEIMKEHRT!"

DIE VORSTELLUNG VON BOLTARS ZORN LÄSST SELBST BEIM WILDESTEN WIKINGER DEN GEDANKEN AN DAS GOLD VERBLASSEN. MIT EINEM KÄMPFERISCHEN BLICK LÄSST ARN DAS MÄDCHEN IN DER OBHUT SEINER FRAU UND SCHREITET ZUR FESTUNG DES SHERIFFS, GEFOLGT VON BOLTARSONS MANNSCHAFT.

DIE UNGLÜCKLICHE MAEVE, DEREN MUTTERARME SICH DANACH SEHNEN, EIN KIND DARIN ZU HALTEN, NIMMT DAS KLEINE MÄDCHEN UND DENKT: „MÄNNER! IMMER MARSCHIEREN SIE IN EINE SCHLACHT, OHNE AUCH NUR EINEN VERNÜNFTIGEN GEDANKEN IM KOPF ZU HABEN!"

VOR IHNEN DIE HOHE MAUER UND DIE HOCHGEZOGENE ZUGBRÜCKE. VIELE BEWAFFNETE STEHEN AUF DEN ZINNEN DER FESTUNG. VOLLER SORGE ERINNERT SICH ARN DARAN, DASS DIESER SHERIFF SCHON IMMER AUF UNABHÄNGIGKEIT BEDACHT WAR. DOCH ER SCHIEBT DIESE GEDANKEN BEISEITE UND SPRICHT...
„ICH BIN DER STELLVERTRETER VON ORR, EUER LEHNSHERR, UND IHR HABT MIR GEHORSAM GESCHWOREN. DIESE KRIEGER WOLLEN EUCH NICHT MEHR SCHADEN. SIE WOLLEN NUR EURE TOCHTER GEGEN IHREN ANFÜHRER AUSTAUSCHEN."

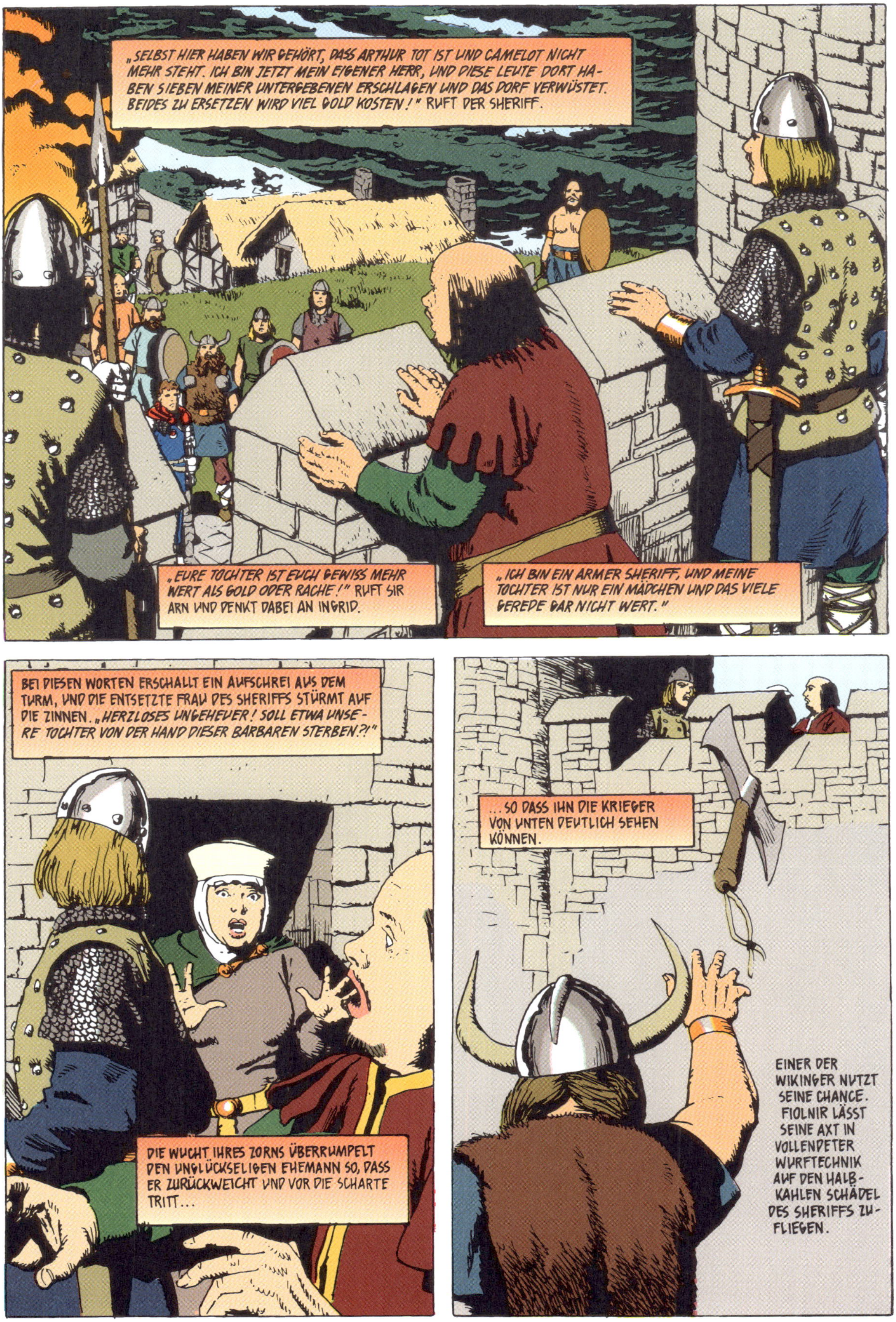
„SELBST HIER HABEN WIR GEHÖRT, DASS ARTHUR TOT IST UND CAMELOT NICHT MEHR STEHT. ICH BIN JETZT MEIN EIGENER HERR, UND DIESE LEUTE DORT HABEN SIEBEN MEINER UNTERGEBENEN ERSCHLAGEN UND DAS DORF VERWÜSTET. BEIDES ZU ERSETZEN WIRD VIEL GOLD KOSTEN!" RUFT DER SHERIFF.
„EURE TOCHTER IST EUCH GEWISS MEHR WERT ALS GOLD ODER RACHE!" RUFT SIR ARN UND DENKT DABEI AN INGRID.
„ICH BIN EIN ARMER SHERIFF, UND MEINE TOCHTER IST NUR EIN MÄDCHEN UND DAS VIELE GEREDE GAR NICHT WERT."
BEI DIESEN WORTEN ERSCHALLT EIN AUFSCHREI AUS DEM TURM, UND DIE ENTSETZTE FRAU DES SHERIFFS STÜRMT AUF DIE ZINNEN. „HERZLOSES UNGEHEUER! SOLL ETWA UNSERE TOCHTER VON DER HAND DIESER BARBAREN STERBEN?!"
DIE WUCHT IHRES ZORNS ÜBERRUMPELT DEN UNGLÜCKSELIGEN EHEMANN SO, DASS ER ZURÜCKWEICHT UND VOR DIE SCHARTE TRITT...
...SO DASS IHN DIE KRIEGER VON UNTEN DEUTLICH SEHEN KÖNNEN.
EINER DER WIKINGER NUTZT SEINE CHANCE. FIOLNIR LÄSST SEINE AXT IN VOLLENDETER WURFTECHNIK AUF DEN HALBKAHLEN SCHÄDEL DES SHERIFFS ZUFLIEGEN.

DER SHERIFF BEWEGT SICH GERADE NOCH RECHTZEITIG, SO DASS DIE AXT IHN VERFEHLT, STATT DESSEN DIE MAUERBRÜSTUNG TRIFFT UND STEINSPLITTER LOSSPRENGT, DIE IHM INS GESICHT FLIEGEN.
„IHR WERDET EUREN ANFÜHRER NIE LEBEND WIEDERSEHEN!"
„GEH ZUM KAI ZURÜCK!" HERRSCHT ARN DEN GROSSEN WIKINGER AN. „BRING MIT DEINEN GEFÄHRTEN MEINE FRAU AUF EUREM SCHIFF IN SICHERHEIT. DANK DEINER UNÜBERLEGTEN TAT STEHT UNS JETZT EIN BLUTIGER KAMPF BEVOR!"
ARN BLICKT ZUR HOHEN MAUER UND ZUR HOCHGEZOGENEN ZUGBRÜCKE EMPOR. ER MACHT SICH GROSSE SORGEN UM SEINEN ALTEN FREUND BOLTARSON. „WO RAUCH IST, DA IST AUCH FEUER, HEISST ES", SINNIERT ER. „OBWOHL ES OFT SCHWER ZU SEHEN IST."

AUS DEN QUALMENDEN GEBÄUDEN HOLEN BOLTARSONS LEUTE BRENNENDE BALKEN UND SCHICHTEN SIE ZU EINEM GROSSEN FEUER AUF, IN DAS SIE VIEL FRISCHES GRÜN VON DEN BÄUMEN WERFEN ... UND DICKE GETEERTE BALKEN AUS DEM GEMÄUER DES EINST FLORIERENDEN GASTHAUSES.
DER SCHWARZE RAUCH STEIGT IN DICKEN WOLKEN AUF UND WIRD VOM SEEWIND ÜBER DIE MAUER DER FESTUNG GEWEHT, WO ER DIE SCHARFÄUGIGEN BOGENSCHÜTZEN BLENDET. „GUT", SAGT DER RITTER MIT DEM FEUERROTEN HAAR ZUM BLONDEN RIESEN. „JETZT SOLLEN DEINE MÄNNER IHRE ÄXTE NEHMEN UND MIR EINE LEITER BAUEN."
NACH ARNS ANWEISUNGEN WERFEN DIE NORDMÄNNER IHRE SCHWEREN STREITÄXTE AUF DIE HÖLZERNE ZUGBRÜKKE. SIE TREFFEN GENAU, UND IHRE ÄXTE DRINGEN TIEF UND FEST INS HOLZ EIN.
RAUHE WELLEN SCHAUKELN DIE BOOTE AM HAFEN UND SCHMETTERN GEGEN DIE KAIMAUER. „ES STEHT SCHLECHT", BERICHTET DER ÜBEREIFRIGE FIOLNIR. „BRINGT DIE FRAU AUFS LANGSCHIFF! ES GIBT HEUTE NOCH EINEN KAMPF."

„AUS DEM WEG!" FORDERT MAEVE SELBSTBEWUSST. ABER DIE NORDMÄNNER STEHEN DA WIE DIE STEINSÄULEN DER ORKNEYS.
„WOLLT IHR MEINEM MANN DANKEN, INDEM IHR SEINER UNBEWAFFNETEN FRAU DEN SCHÄDEL SPALTET? WENN NICHT, DANN GEHT AUS DEM WEG!"
„ICH MUSS DAFÜR SORGEN, DASS AUS EUREM ABENTEUER NICHT NOCH GRÖSSERES UNHEIL ENTSTEHT."
ABER DAS UNHEIL SCHREITET IN GESTALT VON MAEVES GEMAHL ARN VORAN. ER HAT SICH SEINES KETTENHEMDES UND ÜBERWURFS ENTLEDIGT UND LÄUFT MIT VOLLER GESCHWINDIGKEIT AUF DIE FESTUNG ZU...
ER SPRINGT ÜBER DEN BURGGRABEN HINWEG. IM FLUG STRECKT ER DIE ARME AUS, UM DEN STIEL EINER WIKINGERAXT ZU ERGREIFEN.

ARN KLETTERT AN DER BEHELFSLEITER HINAUF, STÜTZT SICH MIT EINER FERSE AUF EINEM AXTSTIEL AB UND HÄLT IN DER FREIEN HAND DEN DOLCH, MIT DEM ER DIE BRÜCKE LOSSCHNEIDEN WILL. SELBER NAHEZU OHNE HALT, MACHT ER DEN HANF MIT DER KLINGE BEKANNT ...
DANN PACKT ER DAS LOSE ENDE DES STRICKS UND LÄSST BRÜCKE UND DOLCH FALLEN ...
GLEICH DARAUF LÄSST SICH AUCH ARN FALLEN, UM INMITTEN DER VORSTÜRMENDEN NORDMÄNNER AUF DER BRÜCKE ZU LANDEN.
„HIER ENTLANG, MÄNNER!“ RUFT DER JUNGE RITTER, DER IN DER HITZE DES GEFECHTS ALLES AUSSER DEM KAMPF AUS SEINEN GEDANKEN VERDRÄNGT HAT.

ABER ARN UND SEINE FREUNDE AUS DEM NORDEN HALTEN EIN, ALS SIE DEN TAPFEREN BOLTARSON SEHEN, DEM DER GEFÄNGNISWÄRTER DEN DOLCH AN DIE KEHLE HÄLT.
„BLEIBT, WO IHR SEID!" SCHREIT DER WÜTENDE SHERIFF. „MACHT JETZT KEHRT UND GEHT, SONST SCHLITZT MEIN MANN EUREM ANFÜHRER DEN GOTTLOSEN HALS VON EINEM OHR ZUM ANDEREN AUF!"
„ICH WAR SCHON LANGE TOT", SAGT BOLTARSON MIT SEINER VOM FRIEDEN MIT DEN GÖTTERN RUHIGEN STIMME. „WOLLT IHR DIESE FESTUNG VERLASSEN UND MIR MEINEN PLATZ UNTER DEN EINHERIERN IN ODINS HALLE VERSAGEN? WOLLT IHR DIESEM KRIEGER DIE SCHALE DES WALKÜRENMETS VON DEN LIPPEN SCHLAGEN?"
BEVOR RAUHE HÄNDE SPEER ODER AXT HEBEN KÖNNEN, DRINGT EINE VIEL SANFTERE STIMME DURCH DIE REIHEN DER MÄNNER. „TAPFERE WORTE, WIKINGER, ABER ICH MÖCHTE, DASS MEIN KÜHNER GEMAHL LEBT... UND SEI ES NUR, UM UNSER GEFANGENES KIND ZU RETTEN."
MAEVE TRITT VOR, GEHT AM SPRACHLOSEN ARN VORBEI UND BLEIBT VOR DEM VERÄNGSTIGTEN SHERIFF STEHEN. „ICH HABE EURE TOCHTER ZURÜCKGEBRACHT. LASST IHR JETZT DEN NORDMANN GEHEN!"

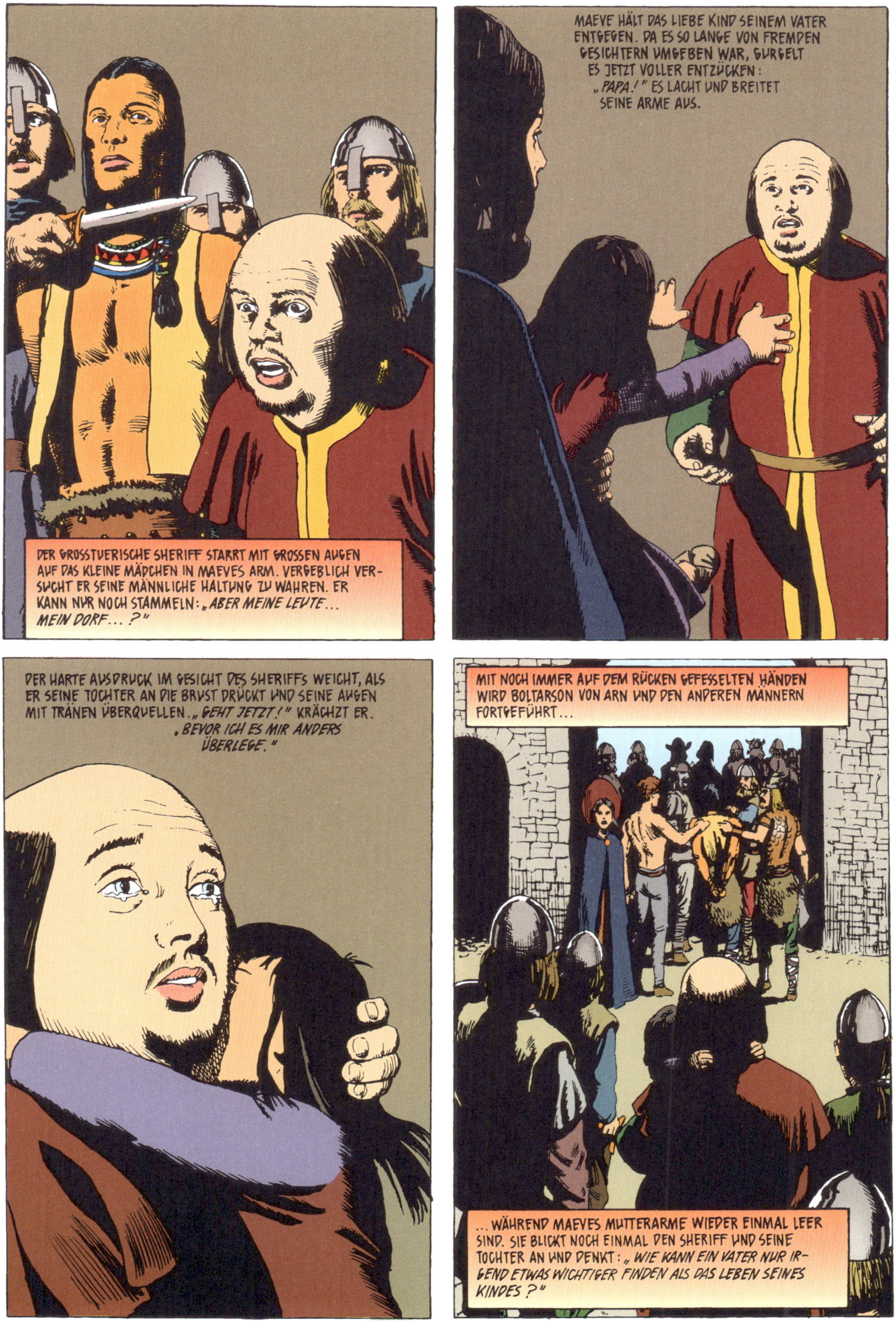
DER GROSSTUERISCHE SHERIFF STARRT MIT GROSSEN AUGEN AUF DAS KLEINE MÄDCHEN IN MAEVES ARM. VERGEBLICH VERSUCHT ER SEINE MÄNNLICHE HALTUNG ZU WAHREN. ER KANN NUR NOCH STAMMELN: „ABER MEINE LEUTE ... MEIN DORF ... ?"
MAEVE HÄLT DAS LIEBE KIND SEINEM VATER ENTGEGEN. DA ES SO LANGE VON FREMDEN GESICHTERN UMGEBEN WAR, GURGELT ES JETZT VOLLER ENTZÜCKEN: „PAPA!" ES LACHT UND BREITET SEINE ARME AUS.
DER HARTE AUSDRUCK IM GESICHT DES SHERIFFS WEICHT, ALS ER SEINE TOCHTER AN DIE BRUST DRÜCKT UND SEINE AUGEN MIT TRÄNEN ÜBERQUELLEN. „GEHT JETZT!" KRÄCHZT ER. „BEVOR ICH ES MIR ANDERS ÜBERLEGE."
MIT NOCH IMMER AUF DEM RÜCKEN GEFESSELTEN HÄNDEN WIRD BOLTARSON VON ARN UND DEN ANDEREN MÄNNERN FORTGEFÜHRT ...
... WÄHREND MAEVES MUTTERARME WIEDER EINMAL LEER SIND. SIE BLICKT NOCH EINMAL DEN SHERIFF UND SEINE TOCHTER AN UND DENKT: „WIE KANN EIN VATER NUR IRGEND ETWAS WICHTIGER FINDEN ALS DAS LEBEN SEINES KINDES?"

DER VERSTÖRTE SHERIFF SEINERSEITS HAT ÄHNLICHE GEFÜHLE. ER HAT DEN BEUTEL VOLL GOLD ENTDECKT, DEN MAEVE DEM NETTEN KIND UMGEBUNDEN HATTE. ER IST NICHTS IN SEINER HAND, WÄHREND IHM DIE LAST AUF SEINEM ANDEREN ARM ALLES BEDEUTET.
AUF DEM RÜCKWEG DURCH DAS DORF SCHERZT ARN MIT BOLTARSON, DER SEHR ERLEICHTERT IST, SEINEM SCHICKSAL ENTRONNEN ZU SEIN. „TUT MIR LEID, DASS WIR DEINEN BESUCH IN WALHALLA AUFGESCHOBEN HABEN", LACHT ARN. „ABER MEINE FRAU PLANT FÜR HEUTE ABEND EIN FESTMAHL UND RECHNET MIT DEINER TEILNAHME."
MAEVE GEHT MIT DEM SCHERZEN-DEN TRUPP ZUM KAI, ABER ALS SIE AUF DEM LANGSCHIFF SIND...
„ACH, WARUM HABE ICH BLOSS SO EINEN MANN GEHEIRATET, DER IMMER ERST HANDELT UND DANN NACHDENKT! HABE ICH AUF SCHLAF VERZICHTET..."
„... UND LANGE NÄCHTE DAMIT ZUGEBRACHT, DEINE WUNDEN ZU PFLEGEN UND DEN SCHWEISS VON DEINER STIRN ZU WISCHEN, DAMIT DU EINEN NEUEN KRIEG ANFÄNGST?"
„WILLST DU DICH DENN UMBRINGEN LASSEN UND MICH GANZ ALLEIN..."

„ICH WÄRE ALLEIN... SO ALLEIN!" RUFT MAEVE, WÄHREND IHR ZARTER KÖRPER VON EINEM WEINKRAMPF GESCHÜTTELT WIRD. „OHNE DICH... UND OHNE MEINE INGRID..."
ARN KANN SIE NUR SANFT UMARMEN UND TÖRICHT GRINSEN, OBWOHL IHRE WORTE SCHMERZEN, DENN ER LIEBT SEINE FRAU SO SEHR.
DER STURM IN MAEVES HERZ LEGT SICH, ALS DAS LANGSCHIFF AUF DIE RUHELOSE SEE HINAUSSTEUERT. BOLTARSON HAT SEIN SCHIFF UND SEINE LEUTE IN IHREN DIENST GESTELLT. ER WIRD SIE AN BRITANNIENS KÜSTE ENTLANG NACH NORDEN BRINGEN ZUM PIKTENKÖNIGREICH VON ORKNEY, NACH NORDEN AUF DER SUCHE NACH INGRID...
...UND NACH DER HEXE MORGAUSE.

VOR DEM KÖNIGREICH DER SKOTEN AN DALRIADAS FELSIGER KÜSTE LIEGEN DIE DREI GROSSEN SCHIFFE VON KÖNIGIN MORGAUSE VOR ANKER. AUF DEN HOCH AUFRAGENDEN FELSEN ÜBER IHNEN STEHT EINE BURG, DIE SICH GEGEN DEN ABENDHIMMEL ABZEICHNET.
EIN KLEINES RUDERBOOT HAT DEN KURZEN KAI VERLASSEN UND KÄMPFT SICH DURCH DIE BRANDUNG ZU DEN WARTENDEN SCHIFFEN. IM BOOT SITZEN VIER EDELLEUTE DES KÖNIGSHOFS DER SKOTEN.
JEDER VON IHNEN HAT SCHON EINMAL GESCHICHTEN VON DER SELTSAMEN KÖNIGIN DER PIKTEN GEHÖRT. UND JEDER VON IHNEN FRAGT SICH, OB ER WOHL ERWÄHLT WIRD, IHR BERÜHMTES BETT MIT IHR ZU TEILEN.

KURZE ZEIT SPÄTER STEHEN DIE EDELLEUTE IN EINER REICH GESCHMÜCKTEN KAJÜTE. DER TISCH IST REICH GEDECKT, UND NEBEN JEDEM TELLER STEHT EIN GOLDENER KRUG.
DOCH ALLE AUGEN SIND AUF DIE FRAU MIT DEM RABENSCHWARZEN HAAR GERICHTET, ALS SIE MIT IHRER SAMTENEN STIMME SPRICHT: „DER WEICHHERZIGE ARTHUR HÄTTE NIE DEN THRON WAHRER MACHT HALTEN KÖNNEN", LOCKT SIE. „DAS PIKTENLAND IST MEIN. DAS KÖNIGREICH DER SKOTEN WIRD JETZT VON EUCH VIER EDELLEUTEN BEHERRSCHT."
DIE FUNKELNDEN AUGEN EINES DER VIER, EINES MANNES MIT BREITEN SCHULTERN UND ROSTROTEN HAAREN, BOHREN SICH IN DEN BLICK DER KÖNIGIN, ALS SIE SPRICHT: „WIR MÜSSEN UNSERE KLEINLICHEN UNSTIMMIGKEITEN DER VERGANGENHEIT BEILEGEN. GEMEINSAM KÖNNEN WIR ÜBER DAS VOM KRIEG ERSCHÜTTERTE BRITANNIEN HERFALLEN UND ES EINNEHMEN."
„ICH WERDE ENDLICH ARTHURS TRAUM VERWIRKLICHEN. NATÜRLICH WERDET IHR VIER MEINEM INNERSTEN RATSZIRKEL ANGEHÖREN", SCHWÖRT SIE DEN VIER MÄNNERN, WÄHREND IHRE AUGEN DEM EINEN VERSPRECHEN: „JA ... JA, MEIN GELIEBTER ... DEIN TRAUM WIRD SICH ERFÜLLEN."

„WAS WIRD AUS DER TAFELRUNDE?" FRAGT EINER DER EDELLEUTE. „DIE RITTER HABEN ARTHUR UND SEIN CAMELOT SEHR GELIEBT."
„DIE MEISTEN VON IHNEN LIEGEN AUF DER EBENE VON SALISBURY, WO RABEN UND WÖLFE IHRE KNOCHEN BLANK GENAGT HABEN."
DIE KÖNIGIN DER FINSTERNIS WINKT EINEM BLONDEN PAGEN, DER NEBEN DEN SCHWEREN VORHÄNGEN STEHT. „DIE WENIGEN ÜBERLEBENDEN RITTER SIND KAMPFESMÜDE UND OB DES VERLUSTES IHRES GELIEBTEN KÖNIGS NIEDERGESCHLAGEN."
DER VORHANG WIRD BEISEITE GEZOGEN. DAHINTER KOMMT EIN HÜBSCHES MÄDCHEN ZUM VORSCHEIN, DAS FRÖHLICH MIT DEM GROSSEN SCHWERT EXCALIBUR SPIELT!
„DOCH HIER ZEIGE ICH EUCH INGRID... SIE STAMMT AUS MEINEM GESCHLECHT UND WURDE VON ARTHUR SELBST ALS BRITANNIENS THRONERBIN EINGESETZT. DER KÖNIG IST TOT, MEINE EDLEN HERREN, LANG LEBE DIE KÖNIGIN!"

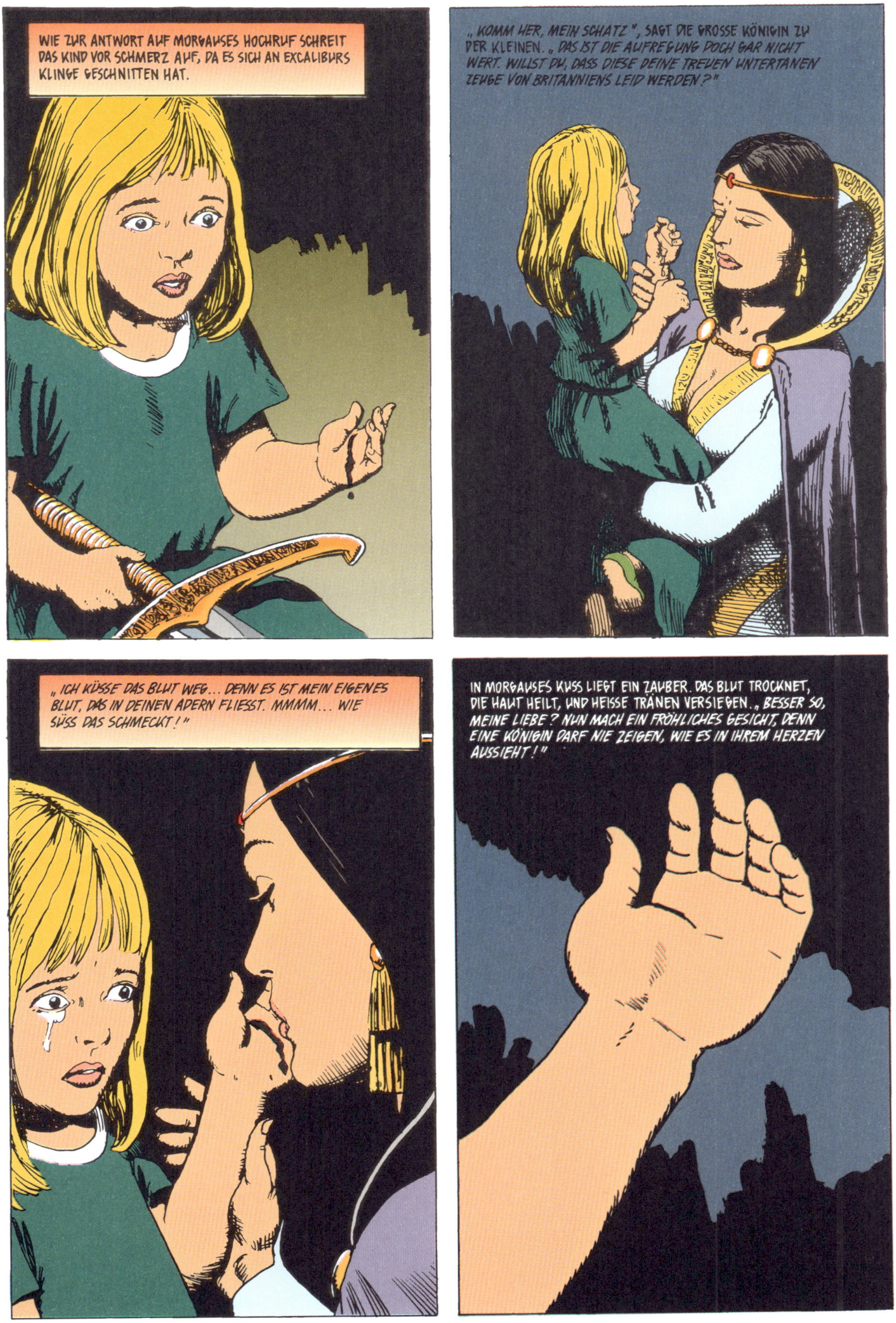
WIE ZUR ANTWORT AUF MORGAUSES HOCHRUF SCHREIT DAS KIND VOR SCHMERZ AUF, DA ES SICH AN EXCALIBURS KLINGE GESCHNITTEN HAT.
„KOMM HER, MEIN SCHATZ", SAGT DIE GROSSE KÖNIGIN ZU DER KLEINEN. „DAS IST DIE AUFREGUNG DOCH GAR NICHT WERT. WILLST DU, DASS DIESE DEINE TREUEN UNTERTANEN ZEUGE VON BRITANNIENS LEID WERDEN?"
„ICH KÜSSE DAS BLUT WEG... DENN ES IST MEIN EIGENES BLUT, DAS IN DEINEN ADERN FLIESST. MMMM... WIE SÜSS DAS SCHMECKT!"
IN MORGAUSES KUSS LIEGT EIN ZAUBER. DAS BLUT TROCKNET, DIE HAUT HEILT, UND HEISSE TRÄNEN VERSIEGEN. „BESSER SO, MEINE LIEBE? NUN MACH EIN FRÖHLICHES GESICHT, DENN EINE KÖNIGIN DARF NIE ZEIGEN, WIE ES IN IHREM HERZEN AUSSIEHT!"

„ICH HABE DIE ERBIN VON ARTHURS KÖNIGREICH", SAGT DIE KÖNIGIN MIT EINEM LÄCHELN, DAS VERBIRGT, DASS IHR HERZ SO TOT WIE STEIN IST. „ICH HABE DAS SCHWERT EXCALIBUR, DAS ZEICHEN SEINER MACHT. DIE BRITEN GEHÖREN MIR, EBENSO DAS PIKTENLAND. ES IST NUR WEISE, SICH MIR ANZUSCHLIESSEN... KOMMT, LASST UNS AUF UNSEREN BUND ANSTOSSEN!"
DIE EDELLEUTE ERHEBEN SICH. EINGESCHÜCHTERT VON DER MAJESTÄTISCHEN ERSCHEINUNG UND BETÖRT VOM VERLANGEN NACH IHRER ÜBERIRDISCHEN SCHÖNHEIT, SCHWÖREN SIE IHR DIE TREUE.
KURZ DARAUF GEHEN DIE GEFOLGSLEUTE DER KÖNIGIN ZUR RÜCKFAHRT AN DECK. MORGAUSE NIMMT DEN ROTHAARIGEN KRIEGER MIT DEM STARKEN SCHNURRBART BEIM ARM UND FLÜSTERT: „BLEIBT! ICH HABE NOCH MEHR MIT EUCH ZU BESPRECHEN."
ALS DIE DREI AN LAND GERUDERT WERDEN, BLICKT DER SCHWARZHAARIGE DUGALL ZU SEINEM EHEMALIGEN GEFÄHRTEN AN DECK DES PIKTEN-FLAGGSCHIFFS ZURÜCK UND SPRICHT ZUM ERSTEN MAL AN DIESEM ABEND: „BRÜDER, IHM GEGENÜBER WERDEN WIR NUN BESONDERS ACHTGEBEN MÜSSEN."

MORGAUSE BLICKT AUS SCHWARZEN AUGENLIDERN AUF, IHR GESICHT WIRKT IM GEWIRR DER DUNKLEN HAARE WEISS WIE ELFENBEIN. SIE HAUCHT IHREM ERWÄHLTEN ZU: „EUER KÖNIGREICH IST OHNE SEINE HERRSCHER. SIE STARBEN MIT ARTHUR AUF DER EBENE VON SALISBURY."
„ES IST NUN AN DER ZEIT, DASS EIN GROSSER HELD DEN SKOTEN-THRON AN SICH REISST. SEID IHR SOLCH EIN HELD, MEIN GELIEBTER?"
„WOZU BRAUCHEN WIR DENN DIE ANDEREN?" FRAGT RORY MACMOR DIE FRAU, DIE ER SOEBEN GELIEBT HAT. „AUF DEM SKOTEN-THRON HAT IMMER NUR EINER PLATZ."
OBWOHL SIE SICH HEFTIG GELIEBT HABEN, WAGT RORY MACMOR IN DIESER NACHT NICHT ZU SCHLAFEN... UND AUCH IN KEINER ANDEREN, IN DER SEINE KÖNIGIN MIT IHM DAS BETT TEILT. NIE HAT ER SOLCHES VERGNÜGEN VERSPÜRT... UND NIE SOLCHE LEERE. „SIE SIND EINE FRAU, DIE EINEN ERREGT", DENKT ER. „ABER AUCH EINE, DIE EINEN NIE BEFRIEDIGEN WIRD."
„EIN MANN, DER MEINT, ER KÖNNTE IM BETT DEIN HERZ GEWINNEN, IST EIN NARR... UND EIN NOCH GRÖSSERER NARR, WENN ER NICHT UNTER SEINEM KISSEN EINEN DOLCH GRIFFBEREIT HÄTTE! DOCH DU WIRST MICH ZUM KÖNIG MACHEN, MORGAUSE. ICH WERDE KÖNIG SEIN!"
UND ALS OB SIE SEINE GEDANKEN LESEN KÖNNTE, DENKT SICH MORGAUSE: „WOZU BRAUCHEN WIR HERZEN, MEIN PERFEKTER NARR, SEIEN SIE GESTOHLEN ODER EROBERT. ICH WILL NUR DEIN SCHWERT, RORY MACMOR, NUR DEINEN GROSSEN, STARKEN ARM."

ALS DER GELIEBTE AM NÄCHSTEN MORGEN GEGANGEN IST, SCHREITET MORGAUSE IN IHRER KAJÜTE AUF UND AB. „DU SIEHST, MEIN KLEINER GALAN", SAGT MORGAUSE ZUM ZWEITJÜNGSTEN SOHN VON EISENHERZ, DER MIT EINEM EISENRING UM DEN HALS AN DIE SCHIFFSWAND GEKETTET IST, „ES GEHT ALLES GENAU NACH PLAN..."
„... DENN WIR FRAUEN SIND DIE BESTEN STRATEGEN ... SOWIE WIR KEINE LIEBE MEHR ZU VERLIEREN HABEN." WÄHREND DIE KÖNIGIN SO REDET, BEMERKT SIE, DASS INGRID FROH AM BODEN SPIELT UND IHREN GELIEBTEN ONKEL ANLÄCHELT. DAS KANN MORGAUSE NICHT ZULASSEN.
„MÄNNER SIND SOLCHE NARREN! MEINST DU NICHT AUCH, MEINE INGRID?" FAUCHT DIE BÖSE KÖNIGIN, ALS SIE AN DER KETTE REISST.
... SO DASS DER RING INS FLEISCH DES JUNGEN SCHNEIDET. „SELBST PRINZEN SIND UNTER DER HAUT NUR KRÖTEN, UND DIE BESTEN WÄREN NICHTS OHNE EINE FRAU, DIE SIE FÜHRT."
„ACH JE ...", SPOTTET DIE KÖNIGIN UNTER DER MASKE MÜTTERLICHER FÜRSORGE. „DU BIST VERLETZT UND BLUTEST."

„LASS MICH DIE VERLETZUNG KÜSSEN!" ZUNÄCHST LASSEN, WIE BEI INGRID, GALANS SCHMERZEN NACH...
...ABER DANN PLATZT SEINE HAUT UND ÄNDERT IHRE FARBE, UND DARUNTER KOMMEN GRÜNE SCHUPPEN ZUM VORSCHEIN.
ER WÜRDE SCHREIEN, WENN NICHT SEINE MENSCHLICHE STIMME ZU EINEM HEISEREN, ERSTICKTEN QUAKEN GEWORDEN WÄRE...
...SEINE KNOCHEN VERFORMEN SICH UND WACHSEN... SEIN MENSCHENGESICHT STRECKT SICH LANGSAM IN URZEITLICHE FORM, UND EINE KLEBRIGE ZUNGE HÄNGT AUS DEM OFFENSTEHENDEN MUND.
DURCH MORGAUSES ZAUBER HAT DER ANSEHNLICHE JÜNGLING DIE GESTALT EINES KRÖTENÄHNLICHEN UNGEHEUERS ANGENOMMEN.

UND SEINE KLEINE NICHTE SIEHT IHN MIT VOR ANGST WEIT AUFGERISSENEN AUGEN AN... UND SCHREIT ZUGLEICH NACH IHM, DASS EINEM DAS BLUT IN DEN ADERN GERINNEN KÖNNTE.
„WAS? DER ANBLICK DEINES ONKELS GEFÄLLT DIR NICHT MEHR? NUN, DANN BRINGEN WIR IHN EBEN WIEDER IN ORDNUNG. ALLES, DAMIT MEINE KLEINE IHRE FREUDE HAT..."
DIE KÖNIGIN DER FINSTERNIS SCHNIPPT MIT IHREN BÖSEN FINGERN UND WIEDERHOLT: „... ALLES!" UND GALAN IST, WIEDER EINMAL, EIN VERBLÜFFTER JUNGE.
„INGRID!" FLEHT DER JUNGE GALAN. „HAB KEINE ANGST. DU SIEHST NUR DEINEN FREUND UND SPIELGEFÄHRTEN." ABER DAS KIND KLAMMERT SICH VOLLER ANGST AN DIE SCHÖNE KÖNIGIN, DEREN LIPPEN SICH ZU EINEM GRAUSAMEN TRIUMPHIERENDEN LÄCHELN VERZERREN.

DAS SEGEL DER „GERDA" BLÄHT SICH IM WIND, UND SIE FÄHRT GEFÄHRLICH SCHNELL DURCH DIE FELSIGEN GEWÄSSER VOR DER SKOTEN-KÜSTE.
DER NEBEL IST DICK WIE MILCHSUPPE, DAS SCHIFF ÜBERLADEN. AN DECK HÄUFEN SICH SÄCKE UND BÜNDEL, DIE AN MAST UND RELING FESTGEZURRT SIND.
PRINZ EISENHERZ BEUGT SICH AM SCHIFFSBUG ÜBER DAS WASSER UND VERSUCHT, DEN DICHTEN NEBEL ZU DURCHDRINGEN. HINTER IHM HÜLLT NIMUE IHREN DICKEN MANTEL FEST UM SICH.
„WIR WERDEN ANKOMMEN, WANN UND WO DAS SCHICKSAL ES WILL. NICHTS KANN DARAN ETWAS ÄNDERN."
EISENHERZ DREHT SICH UNGEDULDIG UM UND DEUTET AUF DEN NEBEL, IN DEM SICH DIE GEFÄHRLICHEN UNTIEFEN UND RIFFE DIESER GEWÄSSER VERBERGEN. „VIELLEICHT KANN ICH DEM SCHICKSAL AUF DIE SPRÜNGE HELFEN."

„ICH BIN SCHON FRÜHER DURCH DIESE GEWÄSSER GEFAHREN. RINGSUM SIND RIFFE UND UNTIEFEN. WIR MÜSSEN ENTWEDER DEN ANKER LICHTEN ODER DAS SCHIFF ERLEICHTERN... SONST WERDEN WIR ALLE BALD SALZWASSER SCHLUCKEN."
ABER EISENHERZ' ARGUMENTE STOSSEN AUF TAUBE OHREN. DIE GIER NACH DEM GOLD, DAS DIE ÜBERSCHÜSSIGE WARE BRINGEN WIRD, KANN DER HANDELSKAPITÄN NICHT ÜBERWINDEN. ER DENKT NUR DARAN, DEN NORWEGISCHEN HAFEN BERGEN ZU ERREICHEN, ALLES ZU VERKAUFEN UND ALS REICHER MANN INS SICHERE MITTELMEER ZURÜCKZUKEHREN.
OB DES IRREN VERHALTENS DES MANNES VERLIERT DER WÜTENDE RITTER DIE GEDULD. ER ZIEHT DAS SINGENDE SCHWERT UND HÄLT DEM KAPITÄN DESSEN SPITZE AN DIE GURGEL. „VIELLEICHT HILFT EUCH DAS BEI DER ENTSCHEIDUNG!"
VOR LAUTER ZORN BEMERKT EISENHERZ NICHT, DASS SICH HINTER SEINEM UNGESCHÜTZTEN RÜCKEN MEHRERE SEELEUTE MIT AXT UND SCHWERT ANGESCHLICHEN HABEN. NIMUE, DIE SIEHT, WELCHES UNHEIL DER HITZIGE RITTER ANRICHTEN KÖNNTE, LEGT IHRE HAND BERUHIGEND AUF DIE VON EISENHERZ.

„GUTER MANN", VERSUCHT DIE MAID IHN ZU ÜBERZEUGEN, „WIR WOLLEN EUCH NICHT DROHEN ODER ZWINGEN, ABER IHR SEHT DOCH GEWISS EIN, DASS ES BESSER IST, HEUTE NICHT ZU STERBEN."
DER KAPITÄN GEHT NICHT DARAUF EIN, DENN ER WEISS, DASS SEINE MANNSCHAFT ZUSIEHT. DAHER WILL ER EINER FRAU AUCH NICHT EINE SPUR NACHGEBEN. MIT SEINER RECHTEN GREIFT ER NACH SEINEM DOLCH.
VERÄRGERT ZIEHT DIE JUNGFER EINE HAND MIT DER HANDFLÄCHE NACH OBEN AUS DEM MANTEL... SO DASS DER FEINE WEISSE STAUB DARIN ZU GLEISSENDEM LICHT ENTFLAMMT.
AUGENBLICKLICH VOM LICHTSCHEIN GEBLENDET, REISST DER KAPITÄN BEIDE HÄNDE VOR DAS GESICHT.
NIMUE PACKT SEINEN DOLCH, REISST IHN HERAUS UND ZERSCHNEIDET BLITZSCHNELL SEINEN GÜRTEL.

DIE HOSE DES KAPITÄNS FÄLLT ZUSAMMEN MIT DEM LETZTEN BISSCHEN WÜRDE ZU BODEN, WÄHREND SICH DIE VERSAMMELTE MANNSCHAFT ÜBER DIE LÄCHERLICHE FIGUR LUSTIG MACHT, DIE IHR ANFÜHRER ABGIBT. „HEXE!" SCHREIT DER KAPITÄN. „DAFÜR LASSE ICH DICH TÖTEN!"
ABER EINER AUS DER MANNSCHAFT DEUTET, OHNE AUF DAS GESCHREI ZU ACHTEN, AUF DEN DICKEN GOLDSACK, DER ZWISCHEN DEN KNIEN DES MANNES HÄNGT. „SEHT, WIE ER UNS BESTIEHLT UND SEINE MÜNZEN AM KÖRPER VERSTECKT! WERDEN WIR ALLE WEGEN DES GOLDES DES KAPITÄNS STERBEN?"
PRINZ EISENHERZ NICKT NIMUE ZU – JEDER ZOLL KÖNIG ARTHURS BESTER MANN; DANN BEFIEHLT ER DER MANNSCHAFT, ÜBERFLÜSSIGE LADUNG ÜBER BORD ZU WERFEN. DIE MÄNNER GEHORCHEN IN ANERKENNUNG SEINER AUTORITÄT, ABER AUCH AUS ANGST VOR DER MACHT DER SCHÖNEN HEXE.
PLÖTZLICH TAUCHT IM NEBEL DAS PIKTENSCHIFF AUF, DAS MORGAUSE AUF SCHIFFE WIE DIESES WARTEN HIESS. DURCH DIE RAUHE SEE KOMMT ES IMMER NÄHER.

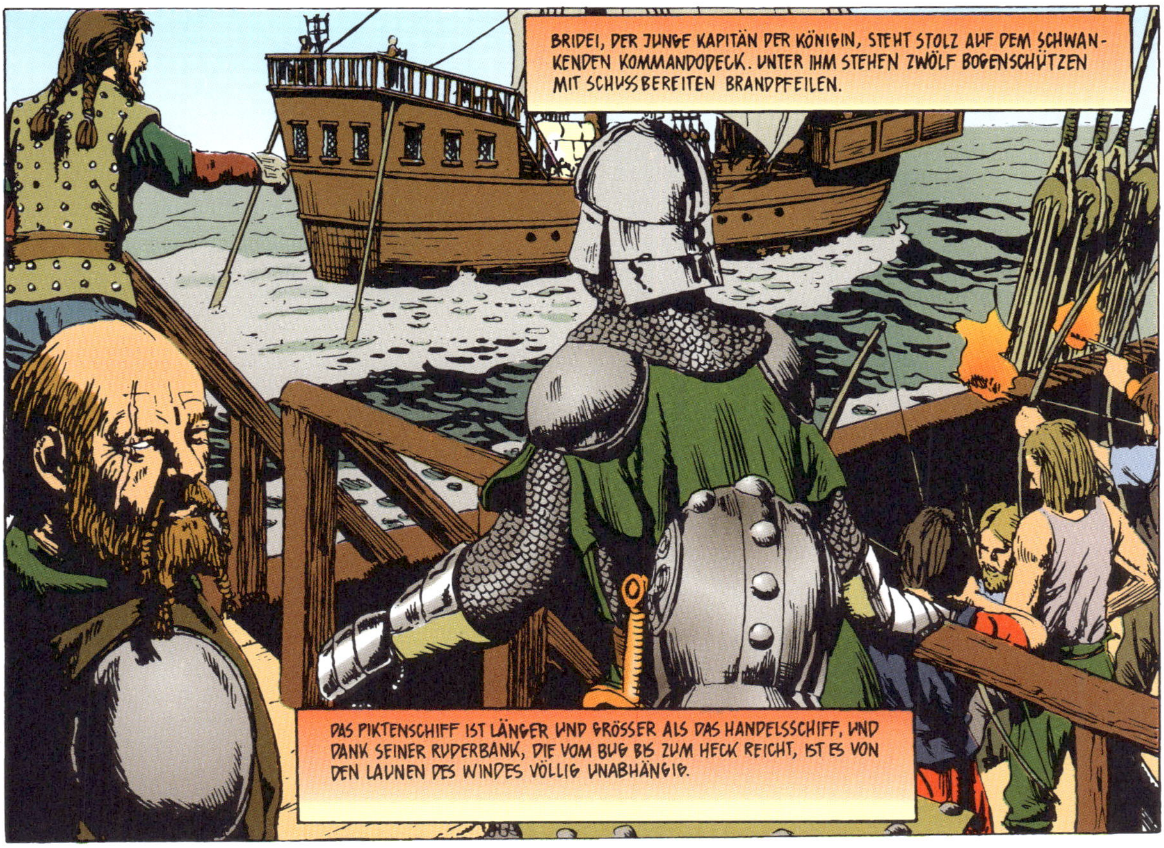
BRIDEI, DER JUNGE KAPITÄN DER KÖNIGIN, STEHT STOLZ AUF DEM SCHWANKENDEN KOMMANDODECK. UNTER IHM STEHEN ZWÖLF BOGENSCHÜTZEN MIT SCHUSSBEREITEN BRANDPFEILEN.
DAS PIKTENSCHIFF IST LÄNGER UND GRÖSSER ALS DAS HANDELSSCHIFF, UND DANK SEINER RUDERBANK, DIE VOM BUG BIS ZUM HECK REICHT, IST ES VON DEN LAUNEN DES WINDES VÖLLIG UNABHÄNGIG.

AUF BRIDEIS BEFEHL HIN SCHIESSEN DIE SCHÜTZEN IHRE PFEILE AB, UND TOD UND VERDERBEN REGNEN AUF DAS DECK DER „GERDA" HERNIEDER. MEHRERE SEELEUTE FALLEN TOT ZU BODEN, UND DIE BRENNENDEN PFEILE VERSENGEN IHRE LEBLOSEN KÖRPER.

ANDERE PFEILE HABEN DIE ÜBERSCHÜSSIGE LADUNG GETROFFEN, WIEDER ANDERE DEN MAST UND DAS SEGEL. „*DAS SEGEL, LEUTE!*" RUFT EIN BREITSCHULTRIGER SEEMANN. „*HOLT WASSER, UM DIE FLAMMEN ZU LÖSCHEN!*"

ABER DIE MÄNNER SIND WIE ERSTARRT, DA SIE ANGST HABEN, SIE KÖNNTEN GETROFFEN WERDEN, WENN SIE WASSER AUS DEM MEER SCHÖPFEN. „RETTET UNS, HERR RITTER!“ WIMMERT DER RÜCKGRATLOSE KAPITÄN.

WÄHREND RINGSUM PFEILE NIEDERGEHEN, WENDET SICH EISENHERZ WIEDER AN DIE VERÄNGSTIGTE MANNSCHAFT UND BEFIEHLT …
… DIE BRENNENDE LADUNG LOSZUSCHNEIDEN. WÄHREND ER BEFEHLE ERTEILT, SIEHT ER NIMUE DURCH DIE FLAMMEN LAUFEN …
… HIN ZUR UNBEMANNTEN RUDERPINNE.

ZWEI MÄNNER LIEGEN VON PFEILEN DURCHBOHRT AUF DEM ACHTERDECK. DER EINE IST TOT, DER ANDERE HÄLT EINE WUNDE AM SCHENKEL. „VERSTEHT IHR WAS VOM SEGELN, MÄDCHEN?“ KNURRT DER VERWUNDETE, WÄHREND ER VERGEBENS VERSUCHT, MIT EINEM IMMER SCHWÄCHER WERDENDEN ARM DAS SCHIFF ZU STEUERN.
„ICH KENNE DIE SEE“, ANTWORTET SIE.

„HELFT MIR, MÄNNER!" RUFT EISENHERZ, ALS ER EINE AXT PACKT. MIT DER HILFE ZWEIER STÄMMIGER MATROSEN SCHLÄGT EISENHERZ AUF DEN SCHIFFSMAST EIN, DEN DAS FEUER BEREITS ZUR HÄLFTE AUFGEZEHRT HAT.
AUF DEM ANDEREN SCHIFF STEHT DER JUNGE PIKTENKAPITÄN ZWISCHEN SEINEN BOGENSCHÜTZEN UND BEOBACHTET DIE BEVORSTEHENDE VERNICHTUNG DES HANDELSSCHIFFES. „DIE KÖNIGIN WIRD MICH REICH BELOHNEN", LACHT BRIDEI UND DENKT AN SANFTE HAUT, AN HEISSE KÜSSE UND AN GOLD.
DER BRENNENDE MAST BEGINNT ZU ZITTERN UND ZU SCHWANKEN. „GENUG!" BEFIEHLT EISENHERZ. „UND WENN ICH EUCH DEN BEFEHL DAZU GEBE, DANN STOSST DEN MAST ÜBER BORD!"
PRINZ EISENHERZ EILT NACH ACHTERN ZU NIMUE. „WIR MÜSSEN BEIDE RUDERPINNEN ZUSAMMENZURREN, UM DIE ‚GERDA' AUF KOLLISIONSKURS MIT DEM PIKTENSCHIFF ZU STEUERN!"

DIE „GERDA" STAMPFT DURCH FLAMMENLEUCHTENDE WELLEN AUF DAS PIKTENSCHIFF ZU UND TRIFFT IHR ZIEL.
ES GIBT EIN FÜRCHTERLICHES KRACHENDES GERÄUSCH... HARTES HOLZ SPLITTERT, MÄNNER SCHREIEN UND STERBEN... ALS DIE BEIDEN SCHIFFE ZUSAMMENSTOSSEN.
DER PIKTENKAPITÄN ERBLEICHT, ALS DER FLAMMENDE MAST DES HANDELSSCHIFFES IN SEGEL UND TAKELAGE SEINES EIGENEN SCHIFFES KRACHT.
VON EISENHERZ GEFÜHRT, HACKT DIE MANNSCHAFT DES HANDELSSCHIFFS AUF DIE TAKELAGE EIN, DIE DIE BEIDEN ANGESCHLAGENEN SCHIFFE ANEINANDER BINDET.
„WIR MÜSSEN FREIKOMMEN, WENN WIR NICHT IM GLEICHEN TOPF WIE DIE SCHURKEN AUS DEM NORDEN SCHMOREN WOLLEN!"

VOM BRENNENDEN MAST UND SEGEL BEFREIT, TREIBT DIE „GERDA" VOM FLAMMENBESETZTEN SCHIFF DER FEINDE WEG. DIE BRENNENDE LADUNG IST AUF DEM MEERESGRUND GELANDET, UND OBWOHL NOCH RAUCH AUFSTEIGT, BRENNT KEIN FEUER MEHR.
ABER AUF DEM PIKTENSCHIFF, DESSEN GROSSE AUSSENWAND AUFGERISSEN IST, SITZT NIEMAND AN DEN RUDERN. IN FLAMMEN GEHÜLLT, TANZT DAS SCHIFF AUF DEM WASSER.

AUF DEM HANDELSSCHIFF FREUT SICH DIE BESATZUNG, MIT DEM LEBEN DAVONGEKOMMEN ZU SEIN. JUBELND STEHT SIE AN DER RELING. „ICH WETTE DIE HÄLFTE MEINES LOHNS, DASS SIE VERBRENNEN, EHE SIE ERTRINKEN!" RUFT EINER.
„NEPTUNS TÖCHTER WERDEN IHNEN DEN TOD VERSÜSSEN!" RUFT EIN ANDERER.

EISENHERZ VERLÄSST DIE FRÖHLICHE MANNSCHAFT UND GEHT RASCH ACHTERN. ER DENKT NUR DARAN, DIE RUDERPINNEN LOSZUBINDEN, DAMIT DAS BESCHÄDIGTE SCHIFF AUS DEN GEFÄHRLICHEN GEWÄSSERN GESTEUERT WERDEN KANN.

ALS EIN WINDSTOSS DIE DICKEN WOLKEN BEISEITE SCHIEBT, SIEHT EISENHERZ, WIE DER KAPITÄN NIMUE AM ARM PACKT. DER SCHUFT ÜBERRASCHT DIE JUNGFER, REISST IHR DEN DOLCH AUS DEM GÜRTEL UND HÄLT IHR DESSEN SPITZE AN DIE KEHLE.
„ICH FÜRCHTE DEN TOD NICHT", STELLT SIE SEELENRUHIG FEST. „DER TOD WIRD MICH NUR SCHNELLER HEIMWÄRTS SCHICKEN."
BEVOR EISENHERZ NIMUE ZU HILFE EILEN KANN, SPRINGT EINE HANDVOLL VERZWEIFELTER PIKTENKRIEGER ZWISCHEN IHM UND DER VERZWEIFELTEN JUNGEN FRAU AN BORD.
VOLLER WUT UND MIT DEM MUT DER VERDAMMTEN FÜHRT SIE DER JUNGE KAPITÄN DER KÖNIGIN AN. „IHR WOLLTET UNSER SCHIFF ZERSTÖREN!" STELLT DER ZORNIGE BRIDEI FEST.

„DANN HOLEN WIR UNS DAFÜR EBEN DIESES!"
MIT GEZÜCKTEM SCHWERT UND GRIMMIGER ENTSCHLOSSENHEIT STELLT SICH EISENHERZ DEM PIKTEN, WÄHREND IHM MERLINS LETZTE WARNUNG DURCH DEN KOPF GEHT: „AUCH NIMUE IST IN DIE DRACHENWINDUNGEN VERSCHLUNGEN, DIE DEIN LEBEN UMSCHLIESSEN. OHNE SIE KANNST DU CAMELOT NICHT WIEDERHERSTELLEN ODER GAR INGRID RETTEN."
EIN GEDANKE AN SEINE GEFANGENE ENKELTOCHTER, UND SCHON SAUST DAS SINGENDE SCHWERT AUF DIE SCHWERTHAND DES ÜBERRASCHENDEN PIKTEN HERNIEDER.

MIT DEM GEGENSCHWUNG SCHICKT EISENHERZ DEN JUNGEN KAPITÄN IN DAS FINSTERE REICH, IN DEM ALLE TRÄUME ENDEN ... DANN SCHLÄGT ER WIEDER NACH VORNE ...
... UND TRIFFT DEN NÄCHSTSTEHENDEN MANN. OHNE ZEIT ZUM NACHDENKEN ZU HABEN, BAHNT SICH EISENHERZ DURCH DREI WEITERE KRIEGER HINDURCH EINEN WEG ZUR RUDERPINNE ...
... NUR UM FESTZUSTELLEN, DASS SICH DORT NIEMAND BEFINDET. „FORT! SIE IST FORT!"
„IST ES MIR BESTIMMT, IMMER UND ÜBERALL ZU SPÄT ZU KOMMEN?" FRAGT SICH DER NIEDERGESCHLAGENE RITTER.

GESCHREI REISST DEN RITTER AUS SEINEN GEDANKEN. ZWEI MATROSEN DER „GERDA" STOLPERN BLUTÜBERSTRÖMT AUF IHN ZU. IHNEN FOLGT EIN DUTZEND ODER MEHR PIKTEN, DIE MIT SCHWERTERN, SPEEREN UND ÄXTEN BEWAFFNET SIND. „DIESE TEUFEL HABEN NICHTS ZU VERLIEREN", DENKT EISENHERZ, AUF DAS SINKENDE SCHIFF BLICKEND, DAS EINST IHR SCHIFF GEWESEN WAR.
ABER ETWAS IM GESICHT DIESES UNERBITTLICHEN RITTERS LÄSST DIE KRIEGER EINHALTEN. „KOMMT, IHR HUNDE!" LACHT ER DURCH TROCKENE, BLUTVERSCHMIERTE LIPPEN. „LERNT MICH KENNEN UND KOSTET DEN TOD!"
DEN MÄNNERN DER KÖNIGIN SCHEINT ES, ALS HÄTTE DIE HÖLLE EINEN DÄMON AUF SIE LOSGELASSEN, SO HEFTIG IST DES RITTERS ATTACKE.
ALS EISENHERZ SEIN SCHWERT HOCH-, ZURÜCK- UND NIEDERSCHWINGT, UM AUF DIE ANGREIFENDEN PIKTEN EINZUSCHLAGEN... BEGINNT DIE KLINGE ZU VIBRIEREN UND ZU SUMMEN UND DIE LUFT RINGSUM MIT SEINEM BEÄNGSTIGENDEN TODESGESANG ZU ZERTEILEN.

PLÖTZLICH ERBEBT DAS HANDELSSCHIFF, DENN ES IST AUF EINE DER UNTIEFEN AUFGELAUFEN, DIE REISENDEN IN DIESEN GEWÄSSERN AUFLAUERN. UND DIE „GERDA" BRICHT LANGSAM IN STÜCKE.
DER WILDE GESANG DES SCHWERTES WIRD UNTERBROCHEN. SEINE LETZTEN TÖNE FLIRREN NOCH IN DER FEUCHTEN SALZLUFT. SIE WERDEN VERDRÄNGT VOM GESCHREI ENTSETZTER MÄNNER.
EISENHERZ ÜBERLÄSST DIE LETZTEN PIKTEN SICH SELBST, PACKT DIE BEIDEN MATROSEN UND SPRINGT MIT IHNEN IN DIE AUFGEWÜHLTE SEE. „WIR SIND TOT", RUFT DER EINE, WÄHREND DER ANDERE SEINE GÖTTER UM GNADE ANFLEHT.
EISENHERZ TAUCHT IN DER BRANDUNG AUF UND BINDET DIE MÄNNER MIT LETZTER KRAFT AN HERUMSCHWIMMENDE WRACKTEILE...

... KURZ BEVOR EINE RIESIGE WELLE ÜBER DIE DREI MÄNNER HEREINBRICHT.
SO VERSINKT EISENHERZ ... TIEF INS DUNKLER WERDENDE WASSER ... SEINE KAMPFKRAFT IST ERSCHÖPFT, DER SINN SEINES AUFTRAGS DAHIN.

DANN KOMMT AUS DEN MEERESTIEFEN DIE WASSERNYMPHE NIMUE HERAUF.
SIE LEBT NOCH, OBWOHL SIE SICH RÜCKWÄRTS ÜBER DIE RELING HAT FALLEN LASSEN, EHE DER DOLCH DEM KAPITÄN VON NUTZEN SEIN KONNTE. „*ICH BIN EINE TOCHTER DER SEE! WAS HABE ICH VOM WASSER ZU BEFÜRCHTEN?*" DENKT NIMUE. DER KAPITÄN DENKT NICHTS, DENN ER IST SCHON FUTTER FÜR DIE FISCHE.

DURCH DAS SCHONUNGSLOSE MEER UND DIE GISCHTENDE BRANDUNG SCHWIMMT DIE JUNGFER MIT DEM ERSCHÖPFTEN RITTER ... SCHLIESSLICH WANKEN DIE BEIDEN ANS UFER, WO SIE SICH EINEN WEG ZWISCHEN SCHARFEM FELSGESTEIN SUCHEN.

FORTSETZUNG IN BUCH 3